W0348570

La nuit des dragons

Les ombres rouges

© 2021, éditions Auzou
24-32, rue des Amandiers, 75020 Paris – France

Correction : Catherine Rigal
Colorisation des illustrations intérieures : Marine Cazaux

Tous droits réservés pour tous pays.
Loi n° 49-956 du 16 juillet 1949 sur les publications destinées à la jeunesse,
modifiée par la loi n° 2011-525 du 17 mai 2011.
Dépôt légal : avril 2021. ISSN : 2610-2943.
Imprimé en Serbie. Printed in Serbia.

FSC www.fsc.org MIXTE Papier issu de sources responsables FSC® C117682

La nuit des dragons

Les ombres rouges

Écrit par Éric Sanvoisin
Illustré par Jérémie Fleury et Marine Cazaux

AUZOU
romans

Comment tout a commencé...

Le monde d'Organd est en paix mais une terrible guerre a longtemps opposé les dragons et les hommes.

Les créatures volantes n'ont survécu que grâce à un enfant nommé Ervaël. Quand celui-ci a découvert qu'il pouvait se transformer en dragon, sa vie est devenue une longue fuite mouvementée. Accompagné de Léna, la fille d'un redoutable chasseur de dragons, Ervaël a fini par retrouver son père qui a fait de lui le nouveau roi-dragon.

Pour mettre son peuple à l'abri de la haine des hommes, Ervaël a guidé les survivants vers une île lointaine, Braise, qui est devenue l'île aux dragons. Mais Léna et Drako, son père, les ont retrouvés et le roi-dragon a été capturé.

Révoltée par la cruauté de son propre père, Léna a aidé l'enfant-dragon à s'enfuir. Pour la punir, Antonin 1er, le roi des hommes, l'a condamnée à mort.

Ervaël a alors pris tous les risques pour la sauver. Laissant derrière lui Ourana, son petit frère de cœur, il s'est envolé pour Organd. Trois dragons l'accompagnaient : sa compagne, Izilde, et les intrépides jumeaux Incendie et Brasier.

Tombé dans un guet-apens, Ervaël n'a dû son salut qu'à l'intervention de Silencio, le chef du village de Sous-la-Cendre. Ce dernier a confié à Antonin 1er le Parchemin des Temps Premiers où il était écrit que les hommes devaient leur puissance à la bienveillance des dragons. Cette révélation a mis fin à la Guerre éternelle…

1 • La nuit sans fin

Ourana avait grandi. Il ne ressemblait plus à un dragonneau. Ses ailes avaient pris une belle amplitude et certaines de ses écailles avaient foncé, lui donnant une allure très particulière. Désormais bicolore, on le reconnaissait au premier coup d'œil.

En revanche, son caractère, lui, n'avait pas changé. Il avait des fourmis dans les griffes et rêvait de retourner vivre sur le monde d'Organd. Braise était une île charmante, mais il s'y ennuyait à mourir. Il avait envie de voir du pays !

C'est pourquoi, chaque matin, il scrutait le ciel en espérant y apercevoir une chose surprenante. Mais rien ne se produisait jamais.

— Que regardes-tu ? lui demanda ce jour-là Izilde, la reine-dragon.

— Le ciel.

— Et alors ?

— Il est bleu.

Izilde connaissait bien Ourana. Elle savait qu'il était malheureux et que l'absence d'Ervaël lui pesait. Le roi-dragon représentait pour lui une sorte de grand frère qui veillait sur lui depuis la mort de sa mère, tuée par Drako, le plus terrible des chasseurs de dragons.

— Tu n'aimes pas le bleu ?

— Si, j'aime quand il fait beau. Mais j'aime aussi les nuages et la pluie. Je déteste ce qui ne change pas, ce qui reste TOUJOURS pareil !

Izilde s'approcha de lui et l'enveloppa dans ses deux ailes réunies.

— C'est fou comme nous nous ressemblons ! Nous avons le même tempérament ! Nous supportons mal l'absence des gens que nous chérissons.

Ourana essaya de se dégager mais Izilde le serra un peu plus fort contre elle.

— Moi aussi, j'ai envie de revoir Ervaël. Il me manque. Depuis que la paix est revenue entre nous et les hommes, je ne le vois presque plus. Il passe tout son temps avec Antonin le Juste et Léna pour préparer la cohabitation entre nos deux peuples. Et je suis comme toi : j'en ai assez ! Alors, j'ai quelque chose à te proposer : et si nous allions lui rendre une petite visite-surprise à Organdi ?

Ourana sortit sa tête des ailes de la reine-dragon et la regarda avec stupéfaction.

— Quand partons-nous ?

Izilde lui offrit son plus grand sourire.

— Demain matin. Je dois d'abord confier la responsabilité de Braise à Azur. C'est une dragonne courageuse et sage.

Surexcité, Ourana se dégagea complètement et se mit à cabrioler en direction de Verticale, la capitale de Braise.

— Où cours-tu comme ça ?

— Je vais annoncer à tout le monde la bonne nouvelle !

Le lendemain, à l'aube, Izilde et Ourana prirent leur envol. Le ciel était toujours bleu et la température douce. Le jeune dragon gagna rapidement de l'altitude, laissant la reine-dragon à la traîne. Il avait tellement hâte d'arriver à Organdi !

— Ne démarre pas si vite. Nous avons trois jours de vol avant d'atteindre la capitale.

— J'ai grandi ! Je suis rapide et résistant, maintenant !

— Ce n'est pas une raison. Il faut parfois savoir économiser ses forces.

Ourana soupira et ralentit l'allure. Izilde avait raison, il en était conscient.

Ils volèrent sans un mot durant toute la journée. L'océan lumineux ondulait partout où leur regard se posait.

Puis le soir arriva, et les vagues disparurent dans l'obscurité. La nuit enveloppa les dragons, les transformant en deux ombres presque invisibles.

— J'aime la nuit ! s'exclama Ourana. Quand il fait noir, j'ai l'impression d'être seul au monde !

— C’est gentil pour moi, lui fit remarquer Izilde.

— Mais non, je ne disais pas ça pour toi.

La reine-dragon aimait bien se moquer gentiment de son jeune protégé. Il était encore si naïf qu’il ne s’en apercevait même pas. Elle eut envie d’éclater de rire mais se retint pour ne pas le vexer.

Ils volèrent jusqu’au bout de la nuit. Du moins, c’est ce qu’ils croyaient… Car, cette fois, la nuit ne prit pas fin.

Les heures passèrent sans que le soleil ne repointe le bout de ses rayons. Izilde s’en rendit compte bien avant Ourana mais ne dit rien. Une profonde inquiétude la gagnait peu à peu. Une telle chose n’était encore jamais arrivée : cela paraissait absolument impossible.

— J'ai perdu la notion du temps, se plaignit le jeune dragon. Ça fait une éternité qu'on vole dans l'obscurité, et il fait toujours aussi noir !

Un long moment passa avant qu'Ourana ne se manifeste à nouveau. Lui aussi commençait à se poser des questions.

— Le jour devrait être levé depuis longtemps, Izilde ? Non ?

— Tu as raison. Cette nuit qui n'en finit pas n'est pas naturelle.

— Oh là là… J'aime bien la nuit mais je préfère largement le jour.

Le jeune dragon accéléra l'allure pour se rapprocher de sa protectrice.

— J'ai peur, Izilde. J'ai très peur.

— Il ne faut pas. S'il s'agit d'un accident céleste, il ne va sans doute pas durer très longtemps.

— Et si c'est autre chose ?

— Dépêchons-nous d'atteindre Organdi. Ervaël aura peut-être une explication.

2 • Le conseil extraordinaire

Les deux voyageurs battirent plus vite des ailes. L'effroi d'Ourana ne cessait de grandir au fil des heures et Izilde ne trouvait plus les mots pour le rassurer.

Quand ils abordèrent le monde d'Organd, il faisait toujours nuit. La côte se découpait à peine entre la noirceur du ciel et les eaux sombres de l'océan.

Au moment où ils survolaient les falaises abruptes et grises du littoral, un tentacule blanchâtre jaillit d'entre les arbres et vint s'enrouler autour de la cheville du jeune dragon. Ce dernier ne s'en rendit compte que lorsqu'il fut brusquement tiré vers le bas. Son vol en fut déséquilibré. Il faillit tomber comme une pierre et se rétablit avec difficulté. Il lui était impossible de reprendre de l'altitude. Le tentacule blanchâtre l'attirait inexorablement vers le sol.

Ourana essaya d'identifier les attaquants, mais il ne distingua que des ombres aux contours flous qui ressemblaient vaguement à des hommes… Qui étaient ces créatures de cauchemar ? Et que lui voulaient-elles ?

Sentant la fatigue paralyser ses ailes, le jeune dragon fit un ultime effort pour se dégager. En vain. C'est le moment que choisit Izilde pour plonger vers la forêt, calciner l'étrange appendice et disperser les formes brumeuses !

— Ne nous attardons pas ici. Le danger n'est pas complètement écarté.

Choqué, Ourana fut incapable de prononcer le moindre mot. La dragonne se plaça derrière lui pour le protéger tandis qu'ils remontaient vers les nuages.

Quand ils arrivèrent à Organdi, ils se posèrent devant le palais du roi des hommes. Prévenu de leur arrivée, Ervaël vint les accueillir. Comme eux, il n'avait pas dormi depuis la disparition du jour. Et, comme eux, il était soucieux

— Nous voulions te faire une surprise, commença Izilde, mais je crois que c'est raté.

— C’est merveilleux que vous soyez là. Vous m’avez terriblement manqué.

Ils s’étreignirent, aile contre aile, et ne firent plus qu’un, comme une sorte d’immense dragon à trois têtes.

— Nous avions hâte de te voir. Mais l’absence du soleil a gâché la fin du voyage. Sais-tu ce qui se passe ?

— Vous arrivez juste à temps. Le roi vient de réunir un conseil extraordinaire. Suivez-moi.

Ervaël reprit sa forme humaine avant de les conduire jusqu’à la salle du trône où les attendaient Antonin le Juste et ses chefs de guerre, ainsi que Léna qui était devenue sa principale conseillère. Il y avait aussi les dragons jumeaux Incendie et Brasier. Tous étaient installés autour d’une imposante table ovale.

Une fois les présentations terminées, le roi prit la parole.

— De mémoire d'homme et de dragon, jamais la nuit n'a dominé le jour. Nos savants sont tous d'accord, il ne s'agit pas d'une bizarrerie céleste. Le ciel n'a pas changé mais le soleil, pour une raison inexpliquée, ne revient pas. Pour le moment, la situation n'a rien de dramatique mais, si elle durait, nous serions alors en grand danger. Les plantes ont soif de lumière pour pousser et se développer. Les hommes et les dragons ont également besoin des rayons du soleil pour vivre. Ceux qui ont chassé le jour ne nous veulent pas du bien.

— Vous qui possédez le pouvoir d'entrevoir l'avenir, avez-vous été alerté par des signes ? lui demanda le roi-dragon.

Antonin le Juste s'accorda quelques secondes de réflexion.

— J'ai rêvé plusieurs fois que je tombais dans l'obscurité profonde d'un puits. Mais il n'était pas question de la disparition du soleil. J'ai senti un danger qui n'avait malheureusement pas de visage. Il y avait cependant une odeur de magie dans mes cauchemars qui a fait se dresser mes cheveux sur la tête.

Ourana se mit à claquer des dents. Izilde le serra contre elle pour l'empêcher de trembler.

— Mais… les sorts… ne fonctionnent pas… ici ! balbutia le jeune dragon en repensant à l'incroyable tentacule blanchâtre qui avait failli le jeter à terre.

— Tu as raison, confirma Antonin le Juste. Le monde d'Organd est en principe à l'abri des mages. Leurs pouvoirs sont mis sous cloche quand ils essaient de les utiliser dans notre royaume, sans doute grâce à la présence précieuse des dragons. Mais il existe des formes de magie dont nous ignorons tout et que rien ne peut arrêter…

L'hypothèse du roi tomba dans un silence glacial. Elle réveillait chez chacun d'entre eux de vieilles peurs oubliées.

— Vous pensez à la magie noire ? lui demanda Ervaël.

— Oui. Noire comme la nuit qui vient de s'abattre sur nous…

N'y tenant plus, Ourana raconta alors l'incroyable agression dont il avait été la victime et la miraculeuse intervention d'Izilde.

— Ceux qui m'ont attaqué n'étaient peut-être pas des sorciers, mais ils ressemblaient vraiment à des fantômes…

— Des fantômes ? murmura Ervaël, songeur. Ton récit, Ourana, fait resurgir dans ma mémoire de lointains événements, oubliés de tous…

3 • Les pilleurs de tombes

— J'ai quelque chose à vous montrer, annonça Ervaël avec gravité.

Le roi-dragon se dirigea vers l'extrémité la plus sombre de la pièce où se dessinait l'ombre d'un lutrin surmonté d'une vitrine. À l'aide d'une petite clef, il déverrouilla le couvercle de verre pour s'emparer de son précieux contenu et venir le déposer sur la table ovale.

— Voici le Grand Livre de la Nuit. C'est l'un des rares ouvrages qui racontent l'histoire des dragons depuis leur apparition sur le monde d'Organd. Je sais que vous le connaissez, mais bien peu d'entre vous ont eu le privilège de le parcourir. Je l'ai lu plusieurs fois. Je l'ai même étudié. Certains passages restent obscurs et posent de nombreuses questions. Je tenais à évoquer, devant vous, l'un d'entre eux en particulier.

— Nous t'écoutons, roi-dragon, l'invita à poursuivre Antonin le Juste. Parfois, il est vrai que nous trouvons dans le passé les solutions à des problèmes qui se posent dans le présent...

— Longtemps avant l'apparition des hommes, les dragons furent victimes de faits troublants. Alors qu'ils vivaient en paix et se croyaient les seuls habitants du monde d'Organd, ils découvrirent par hasard que des créatures inconnues pillaient régulièrement le cimetière des anciens dragons. Elles éventraient les tombes et les vidaient de leur contenu.

— À quoi ressemblaient ces créatures ? demanda Léna.

— Le Grand Livre de la Nuit les décrit comme des espèces d'ombres couleur de sang.

Ourana sursauta. Ces ombres rouges étaient sans nul doute celles qui s'en étaient prises à lui !

— Et d'où venaient ces spectres ?

— Sans doute du royaume des Terres Gelées, situé très loin au nord du royaume d'Organd. C'est là-bas que se réfugièrent les fantômes qui réussirent à fuir la colère des dragons. On n'a plus jamais entendu parler d'eux ensuite, et personne ne sait aujourd'hui pourquoi ces ombres avaient troublé le repos de nos vénérables ancêtres…

Incendie et Brasier grognèrent, en proie à une irritation bien naturelle. L'honneur des dragons avait été sali par ces misérables fantômes et, même si les faits remontaient à longtemps, c'était insupportable pour eux.

— Quel rapport avec notre situation d'aujourd'hui ? s'étonna Harso, le premier chef de guerre du roi.

— Pendant toute la période qui fut marquée par ces incidents, le soleil refusa de se lever. Il ne réapparut qu'après le départ des étranges apparitions…

Le malaise qui régnait dans la salle du trône devint presque insoutenable.

— Il semblerait que nos amis des Terres Gelées soient de retour, conclut à regret Antonin le Juste. Nous connaissons mal cette lointaine contrée, mais elle a la réputation d'être une terre de magie. La nuit, qui nous prive de chaleur et de lumière, ne doit pas durer, et les intrus doivent être retrouvés. Harso, rassemblez vos hommes et trouvez ces fantômes !

— L'obscurité ne va pas faciliter nos recherches, Votre Altesse.

— Nous allons vous aider, lui assura Ervaël. Les dragons ont une excellente vision nocturne. Mais il est vrai que le monde d'Organd est vaste et qu'il offre de nombreuses cachettes...

— Ce ne sera sans doute pas suffisant, intervint Léna avec autorité. Nous devons demander le soutien de tous les chefs de village. Le moindre détail peut se révéler capital.

Antonin le Juste lui assura qu'il allait leur envoyer un message sans tarder quand il fut soudain interrompu par un grand brouhaha, en provenance des couloirs du palais.

— Quelle est l'origine de tout ce bruit ? s'agaça-t-il.

Les portes de la salle du trône s'ouvrirent brusquement, laissant entrer un groupe composé de paysans et de soldats.

Un individu barbu, de très grande taille, s'avança et posa un genou à terre devant Antonin le Juste.

— Votre Altesse, je m'appelle Athanor et je suis forgeron. Une chose terrible vient

d'arriver dans la province du nord. Jamais encore un tel crime…

— Va droit au but ! lui ordonna le roi.

L'homme croisa le regard aveugle de son souverain et baissa la tête.

— Nous avons trouvé hier matin le corps sans vie d'un dragon. Nous ne connaissons pas son nom. Il a probablement été assassiné. Mais ce n'est pas le plus grave…

Athanor marqua un temps d'arrêt avant de déclarer d'une voix lugubre :

— Sa chair était à vif et toutes ses écailles lui avaient été arrachées. Nous n'en avons retrouvé aucune…

4 • La fugue d'Ourana

Ervaël et Léna organisèrent aussitôt une expédition pour aller vérifier les déclarations du forgeron. Les jumeaux Incendie et Brasier, ainsi qu'Harso, en faisaient également partie. Une dizaine de cavaliers armés jusqu'aux dents les escortaient. Antonin le Juste leur souhaita bonne chance tout en regrettant de ne pouvoir les accompagner.

Les dragons auraient pu partir seuls et gagner ainsi deux jours sur le voyage vers la province du nord, mais les hommes n'auraient pas apprécié de rester en retrait. La paix entre les deux peuples était récente et encore fragile.

Il fallait éviter de brusquer les choses et veiller à ce que chacun joue son rôle en toute égalité.

La nuit était claire, plus grise que noire. Aucun nuage ne filtrait le vif éclat des étoiles. L'air était doux et le vent caressant. Rien ne semblait indiquer que quelqu'un ou quelque chose menaçait l'équilibre du monde d'Organd.

Comme la petite troupe quittait les jardins du palais, deux silhouettes leur barrèrent le passage.

— Je me joins à vous ! s'exclama Izilde.

— Je serais plus rassuré si tu restais au palais pour veiller sur Ourana, lui répondit Ervaël, gêné de devoir lui dire non. Je ne peux pas le laisser seul ici. Les fantômes ne l'ont sans doute pas attaqué par hasard...

Malgré sa déception, la reine-dragon n'insista pas. Mais ce ne fut pas le cas d'Ourana.

— Je ne suis plus un dragonneau ! s'indigna-t-il en se plantant devant son protecteur. Je suis presque aussi grand que toi !

Ervaël se pencha pour que leur regard soit au même niveau.

— Tu as raison, mais tu n'es pas encore adulte. Si nos mystérieux ennemis sont capables de vaincre un dragon expérimenté, alors ils ne feront qu'une bouchée de toi. Tu as soif d'action, je le sais. Cependant, tu dois

te montrer patient, même si c'est difficile pour toi. Nous en reparlerons à mon retour.

Fou de rage, le jeune dragon prit son envol et se percha sur le toit du palais, labourant les tuiles avec ses griffes. De son point d'observation, il assista au départ de l'expédition. Il en voulait terriblement à Ervaël qui continuait à le traiter comme un bébé, et il avait une envie folle de lui désobéir. Après tout, que risquait-il ? Il se ferait réprimander, bien sûr, mais ça ne serait pas la première fois. Et puis, s'il se montrait discret, le roi-dragon ne s'apercevrait peut-être de rien…

Sa décision fut prise. Il allait suivre le groupe de loin, sans utiliser ses ailes, pour ne pas risquer d'être repéré par Incendie et Brasier. Comme ça, si jamais ils étaient attaqués sur la route, il les défendrait !

Il les laissa sortir de la ville puis prendre un peu d'avance et ne s'envola qu'à l'instant où ils disparurent dans la forêt. Il n'eut aucun mal à les rattraper. Il se posa maladroitement, comme à son habitude, et se mit à relever leurs traces en gardant une distance convenable. Vu les bruits que produisaient les sabots des chevaux, éperonnés par les cavaliers, il ne risquait pas de les perdre.

Pour la première fois de sa vie, il allait vivre une véritable aventure ! Ses pattes griffues se posaient avec délicatesse sur le sol de terre, d'herbe et de cailloux, sur lequel il rebondissait avec souplesse. Il n'avait pas pensé à emporter des provisions, mais il lui suffirait de chasser dès qu'il aurait faim. La forêt regorgeait de gibier. Il trouverait bien un sanglier, un chevreuil ou même un lièvre à se mettre sous la dent…

C'est à ce moment-là seulement qu'il se souvint d'Izilde ! Ouille ! Il était tellement obsédé par l'idée de suivre Ervaël coûte que coûte qu'il avait oublié tout le reste. Demeurée seule à Organdi, elle allait le chercher, ne pas le trouver et s'inquiéter de sa disparition. Du coup, sa fugue allait être connue de tous. Quelle poisse !

Ourana sentit sa détermination faiblir. Pour se rassurer, il se persuada qu'il était trop tard pour faire machine arrière et continua son chemin, convaincu qu'il avait plus à gagner qu'à perdre en allant de l'avant. Et, qui sait ? il réaliserait peut-être un coup d'éclat en étant là au bon endroit et au bon moment…

5 • Le dragon nu

À la fin du troisième jour, l'expédition arriva sur les lieux du drame. Athanor, le forgeron, n'avait pas menti. Un grand dragon était allongé sur le sol, la chair à nu et marquée de nombreuses plaies. Sa gueule ouverte laissait apparaître des dents usées et ébréchées.

— Je le connais, murmura Ervaël, ému et écœuré. Il s'appelait Orion. C'était un vieux dragon solitaire à qui la Guerre éternelle avait enlevé toute sa famille. Fou de douleur, il s'était retiré du monde…

— On dirait qu'il a été attaqué par une véritable armée, suggéra Léna, blême.

Le roi-dragon observa le paysage alentour, s'attardant sur les rochers noircis et les arbres en partie calcinés. Le sol portait des entailles profondes, preuves d'une lutte acharnée.

— Orion était âgé mais il n'avait pas tout perdu de sa puissance. J'ai l'impression qu'il a chèrement vendu sa peau. Ce que je ne comprends pas, c'est qu'il n'y ait aucune trace des corps de ses assaillants. Il est impossible qu'il n'en ait tué aucun.

— Ils ont peut-être enlevé leurs morts pour nous empêcher de connaître l'origine de l'attaque.

Incendie et Brasier examinèrent la scène du crime avant de rapporter leurs incroyables conclusions.

— Il n'y a aucune empreinte de pas…

— … à part les nôtres et celles d'Athanor.

Une telle chose était impossible. À moins que…

— Je n'aime pas ça ! s'emporta Harso en jetant autour de lui des regards suspicieux. Orion a-t-il été tué par un autre dragon ?

Ervaël balaya l'hypothèse d'un geste brusque et darda un regard brûlant sur le premier chef de guerre.

— Ne tentez pas de semer la discorde entre nous, Harso ! Examinez les blessures d'Orion et vous constaterez qu'elles ont toutes pour origine des lames d'épée particulièrement tranchantes.

Le chef de guerre s'approcha de la victime et, à contrecœur, se rangea à l'avis d'Ervaël.

— Vous avez raison, roi-dragon. Alors, je ne vois qu'une seule explication : le vieux dragon a été attaqué par les fantômes qui ont éteint le soleil…

Soudain, l'expédition fut encerclée par d'innombrables silhouettes menaçantes. Elles étaient rouges de la tête aux pieds et floues, comme constituées de fumée. Toutes brandissaient une épée dont la lame ondulait à la manière d'un serpent.

— Voilà vos fantômes, Harso ! aboya Léna. Tous en formation ! Défendez vos vies et soyez sans pitié !

Ils formèrent un cercle presque parfait avec les hommes d'un côté et les dragons de l'autre. Il y eut un temps d'observation très bref.

— Qui êtes-vous ? cria Harso aux ombres rouges. Que voulez-vous ?

Dans un silence surnaturel, les spectres rouges fondirent sur eux. Un premier assaut fut repoussé, mais les infatigables assaillants revinrent rapidement à la charge. Un soldat mordit la poussière, bientôt rejoint par un second.

Les trois dragons crachèrent des torrents de flammes qui ralentirent les spectres rouges sans les anéantir. Ils ne semblaient pas craindre la chaleur. Alors, Ervaël et les jumeaux utilisèrent leurs pattes antérieures comme des gourdins et lacérèrent leurs ennemis de leurs griffes puissantes. À chaque fois qu'un fantôme tombait, son corps se ramollissait et partait en fumée, aussitôt remplacé par un autre de ses congénères, plus acharné encore.

Les hommes, Léna et les dragons se battaient vaillamment, mais le nombre de leurs agresseurs ne diminuait pas. Un combat interminable s'était engagé dont personne ne pouvait prédire la durée.

La fatigue n'allait pas tarder à alourdir le corps des humains et des créatures ailées. La bataille, pour eux, semblait perdue d'avance. Car ceux qui périssaient ne pouvaient se relever…

Conscient de leur infériorité, Ervaël décida soudain de passer à l'offensive et sortit du cercle, imité par Incendie et Brasier. Pris de court, les spectres rouges n'eurent pas le temps de s'écarter et mordirent la poussière par dizaines, fauchés par les redoutables griffes des dragons. Ceux qui prirent leur place, surgissant de nulle part, essayèrent tant bien que mal de reformer les rangs, mais ils étaient de moins en moins nombreux. L'armée des fantômes n'était peut-être pas inépuisable.

L'avantage était en train de changer de camp.

C'était sans compter sur l'apparition, au sommet d'une colline qui surplombait la plaine, d'une silhouette massive, protégée par une impressionnante armure aux reflets bleutés et un casque au museau allongé. Ervaël l'aperçut, comprit qu'elle dirigeait les spectres rouges et prit son envol pour ne pas lui laisser le temps de s'échapper.

Mal lui en prit. Au moment où il allait l'atteindre, la silhouette lui décocha un javelot lumineux qu'il ne put éviter et qui lui perfora l'abdomen. Le roi-dragon dévia de sa trajectoire et s'écrasa au milieu de la colline, avant de rouler jusqu'en bas de la pente et de ne plus bouger.

Comme mort…

6 • Izilde voit rouge

Un silence assourdissant s'abattit sur les membres de l'expédition, qui ne parvenaient pas à en croire leurs yeux. Le roi-dragon était tombé. Comment une telle chose avait-elle pu se produire ?

Les spectres rouges en profitèrent pour regagner le terrain perdu. Pourtant, fous de rage, Incendie et Brasier ne les ménageaient pas, aidés par Léna et les derniers cavaliers d'Harso. La bataille atteignit une intensité nouvelle.

Du haut de son perchoir, la silhouette mystérieuse bougeait les bras à la manière d'un chef d'orchestre, dirigeant ses fantômes comme des instruments de musique. Sa mortelle symphonie approchait de la fin.

Mais une fausse note inattendue fit tout basculer. Une ombre ailée traversa le ciel à une vitesse prodigieuse et noya le macabre chef d'orchestre dans un nuage de flammes dorées. L'équilibre de la bataille en fut définitivement rompu. Brusquement désorganisés, les spectres rouges commencèrent à reculer, puis à battre en retraite.

Le dragon qui tournoyait dans le ciel ressemblait à une véritable furie verte. C'était Izilde qui, lorsqu'elle avait constaté la disparition d'Ourana, avait volé à sa recherche, devinant son intention de rejoindre l'expédition menée par Ervaël. Fâchée et inquiète, elle avait quitté Organdi, erré sur mille chemins avant d'arriver dans l'enfer des spectres rouges et d'assister à la chute de son roi…

Le coupable devait payer ! Puisant en elle toute la colère qui traversait son esprit et son corps, elle déchaîna son feu le plus extrême, jusqu'à la limite de ses forces. Puis, exténuée, ne conservant son équilibre que par sa seule volonté, elle se posa au sommet de la colline pour conclure sa vengeance. Or, quand la flambée retomba, quand les fumées s'évanouirent, la silhouette dans son armure massive avait disparu. Il ne restait au sol qu'un fragment noirci d'écaille de dragon.

Son adversaire lui avait échappé !

Izilde se précipita vers l'endroit où gisait Ervaël et où l'attendaient déjà Incendie, Brasier, Harso et Léna.

— Il est…

— Non, lui répondit Léna, mais c'est tout

comme. Il est inconscient et respire à peine. L'arme qui l'a transpercé l'a presque tué.

Pleine d'espoir, Izilde examina le roi-dragon, essaya de le réveiller et n'y parvint pas. Hélas, Léna avait dit vrai. En une seconde, sa décision fut prise.

— Nous allons ramener Ervaël à Organdi le plus vite possible. Incendie, vole jusqu'à la capitale pour prévenir Antonin le Juste et son chirurgien. Dis-leur que nous arrivons et qu'ils préparent la table d'opération.

Le dragon s'envola sans discuter.

— Nous allons charger Ervaël sur ton dos, Brasier. Puis nous partirons. Nous voyagerons, sans nous arrêter. Et le roi-dragon vivra !

Tout le monde lui prêta main-forte pour hisser le blessé entre les ailes de Brasier. Les cavaliers remontèrent en selle et Izilde leur donna le signal du départ. Tout à sa peine et à son angoisse, la reine-dragon avait complètement oublié la raison de sa présence ici. Il n'y avait plus de place pour Ourana dans ses pensées…

Quand tout le monde fut parti, une frêle silhouette sortit de sa cachette, toute tremblante et secouée par des sanglots. Elle fit quelques pas avant de s'écrouler et de pousser une longue plainte.

Ourana avait tout vu. Depuis le début. Il avait hésité à intervenir, n'avait finalement pas osé, terrifié par les spectres rouges et la ténébreuse silhouette à la lourde armure. Il s'était évanoui, lorsque son protecteur était tombé comme une pierre, et venait tout juste de reprendre conscience. Et maintenant, il s'en voulait.

— Tu n'es qu'un lâche, murmura-t-il pour lui-même. Tu n'as pas levé la moindre petite griffe pour protéger Ervaël. N'as-tu pas honte ?

Bien sûr qu'il avait honte. Si seulement il avait pu revenir en arrière et tout recommencer…

Ourana se redressa et aperçut, au loin, les derniers spectres rouges disparaître dans la grande forêt du nord. Il frémit de peur et de colère. C'était maintenant ou jamais. Soit il rentrait tête basse à Organdi, soit il pourchassait les mystérieux fantômes pour racheter son honneur.

Il opta pour la deuxième solution, afin qu'à son retour, Ervaël puisse être fier de lui…

Un petit mot de l'auteur et de l'illustrateur

Éric Sanvoisin aime beaucoup les dragons… quand ils sont petits. C'est très pratique pour allumer le feu dans la cheminée. Mais dès que la créature grandit, les choses se compliquent. Voilà pourquoi Éric a aujourd'hui chez lui un chat et un cochon d'Inde, mais pas de dragon !

Jérémie Fleury a comme amis des dragons. Il les connaît depuis fort longtemps. Malheureusement il ne les voit pas souvent car leur terre est bien éloignée de son atelier. Alors pour les avoir tout près de lui, il les dessine encore et toujours. Il leur donne vie dans de fabuleuses histoires qui enchantent les petits et aussi les grands enfants.

Table des matières

L'histoire d'Ervaël commence ici...

L'enfant-dragon

L'île aux dragons

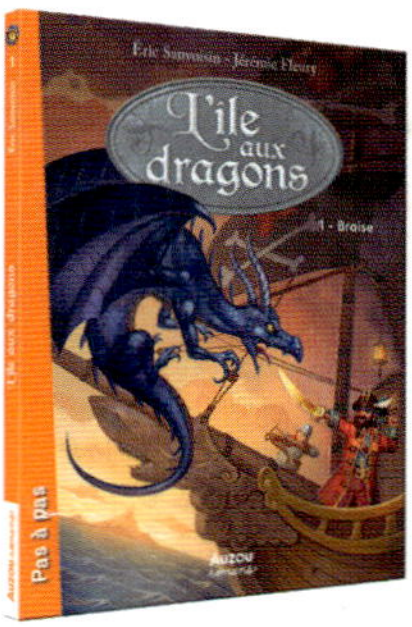

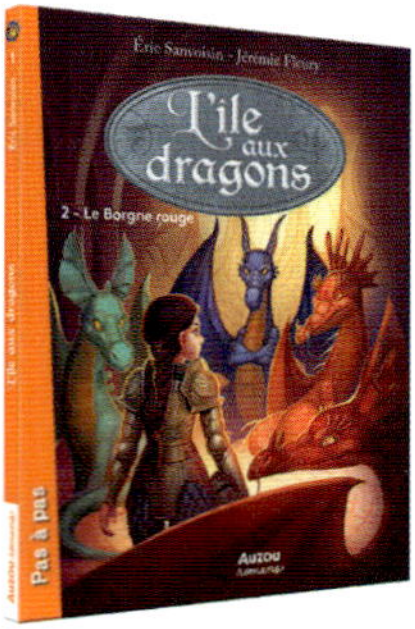

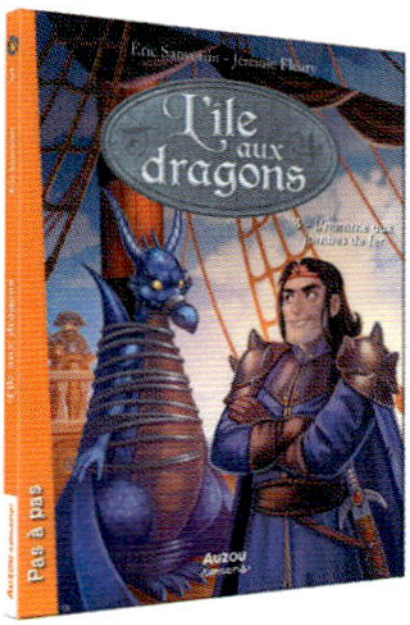